De Perversa Systrarna

De Perversa Systrarna

Aldivan Torres

aldivan teixeira torres

CONTENTS

De Perversa Systrarna

Aldivan Torres
De Perversa Systrarna

Författare: *Aldivan Torres*
2020-Aldivan Torres
Alla rättigheter förbehållna

Aldivan Torres, Siaren, är en litterär konstnär. Lovar med sina skrifter att glädja allmänheten och leda honom till nöjets glädje. Sex är en av de bästa sakerna som finns.

Engagemang och tack

Jag tillägnar denna erotiska serie till alla sexälskare och perversa som jag. Jag hoppas kunna uppfylla förväntningarna hos alla galna sinnen. Jag börjar detta arbete här med övertygelsen att Amelinha, Belinha och deras vänner kommer att skapa historia. Utan vidare, en varm kram till mina läsare.

Kunnig läsning och mycket roligt.

Med tillgivenhet, författaren.

Presentation

Amelinha och Belinha är två systrar födda och uppvuxna i det inre av Pernambuco. Döttrar till jordbruksfäder visste tidigt hur de skulle möta de hårda svårigheterna i livet på landet med ett leende på läpparna. Med detta nådde de sina personliga erövringar. Den första är en revisor för offentliga finanser och den andra, mindre intelligent, är en kommunal lärare i grundutbildning i Arcoverde.

Även om de är lyckliga professionellt, har de två ett allvarligt kroniskt problem när det gäller relationer eftersom de aldrig hittade sin prins charmig, vilket är varje kvinnas dröm. Den äldsta, Belinha, kom att bo hos en man ett tag. Men det förråddes vad som genererade i sitt lilla hjärta irreparabla traumer. Hon tvingades skilja sig och lovade sig själv att aldrig lida igen på grund av en man. Amelinha, olycklig sak, hon kan inte ens förlova oss. Vem vill gifta sig med Amelinha? Hon är en fräck brunhårig person, mager, medelhöjd, honungfärgade ögon, medium rumpa, bröst som vattenmelon, bröst definierade bortom ett fängslande leende. Ingen vet vad hennes verkliga problem är, eller båda.

I förhållande till deras interpersonella relation är de nära att dela hemligheter mellan dem. Eftersom Belinha förråddes av en skurk tog Amelinha sin systers smärta och bestämde sig för att leka med män. De två blev en dynamisk duo känd som " Perversa systrar ". Trots det älskar män att vara sina leksaker. Detta beror på att det inte finns något bättre än att älska Belinha och Amelinha även för ett ögonblick. Ska vi lära känna deras berättelser tillsammans?

De Perversa Systrarna

De Perversa Systrarna

Engagemang och tack

Presentation

Den svarta mannen

Elden

Medicinsk konsultation

Privatlektion

Tävlingsprov

Lärarens återkomst

Den maniska clownen

Tour i staden Pesqueira

Den svarta mannen

Amelinha och Belinha, liksom stora yrkesverksamma och älskare, är vackra och rika kvinnor integrerade i sociala nätverk. Förutom själva könet försöker de också få vänner.

En gång kom en man in i den virtuella chatten. Hans

smeknamn var " Svart man ". I detta ögonblick darrade hon snart för att hon älskade svarta män. Legenden säger att de har en obestridd charm.

"Hej, vackert! "Du kallade den välsignade svarta mannen.

"Hallå, okej? "Svarade den spännande Belinha.

"Allt bra. Ha en bra natt!

"God natt. Jag älskar svarta människor!

"Detta har berört mig djupt nu! Men finns det en speciell anledning till detta? Vad heter du?

"Tja, anledningen är min syster och jag gillar män, om du förstår vad jag menar. När det gäller namnet, även om detta är en mycket privat miljö, har jag inget att dölja. Jag heter Belinha. Glad att träffa dig.

"Nöjet är helt mitt. Jag heter Flavius, och jag är en genuint trevlig!

"Jag kände fasthet i hans ord. Du menar att min intuition är rätt?

"Jag kan inte svara på det nu eftersom det skulle avsluta hela mysteriet. Vad heter din syster?

"Hennes namn är Amelinha.

"Amelinha! Vackert namn! Kan du beskriva dig själv fysiskt?

"Jag är blont, långt, starkt, långt hår, stor rumpa, medelstora bröst och jag har en skulptural kropp. Och du?

"Svart färg, en meter och åttio centimeter hög, stark, fläckig, armar och ben tjock, snyggt, sjungit hår och definierade ansikten.

"Aj! Aj! Du tänder på mig!

"Oroa dig inte för det. Vem känner mig, aldrig Glömmer?

"Vill du göra mig galen nu?

"Ledsen för det, älskling! Det är bara för att lägga till lite charm i vårt samtal.

"Hur gammal är du?

"Tjugofem år och din?

"Jag trettioåtta år gammal och min syster trettiofyra. Trots åldersskillnaden är vi anmärkningsvärt nära. I barndomen förenades vi för att övervinna svårigheter. När vi var tonåringar delade vi våra drömmar. Och nu, i vuxen ålder, delar vi våra prestationer och frustrationer. Jag kan inte leva utan henne.

"Stor! Denna känsla av dig är otroligt vackert. Jag får lust att träffa er båda. Är hon lika stygg som du?

"I Ett effektivt sätt, hon är bäst på det hon gör. Mycket smart, vacker och artig. Min fördel är att jag är smartare.

"Men jag ser inget problem i detta. Jag gillar båda.

"Gillar du det verkligen? Du vet, Amelinha är en speciell kvinna. Inte för att Hon är min syster, men för att hon har ett gigantiskt hjärta. Jag tycker lite synd om henne eftersom hon aldrig fick en brudgum. Jag vet att hennes dröm är att gifta sig. Hon gick med mig i ett uppror eftersom jag förråddes av min kamrat. Sedan dess söker vi bara snabba relationer.

"Jag förstår helt. Jag är också en pervers. Jag har dock ingen särskild anledning. Jag vill bara njuta av min ungdom. Du verkar vara fantastiska människor.

"Tack så mycket. Är du verkligen från Arcoverde?

"Ja, jag är från centrum. Och du?

"Från Helig Cristopher grannskap.

"Stor. Bor du ensam?

"Ja. Nära busstationen.

"Kan du få besök av en man idag?

"Det vill vi gärna. Men du måste hantera båda. Okej?

"Oroa dig inte, kärlek. Jag kan Hantera upp till tre.

"Ah, ja! Sann!

"Jag kommer att vara där. Kan du förklara platsen?

"Ja. Det kommer att bli mitt nöje.

"Jag vet var det är. Jag kommer upp dit!

Den svarta mannen lämnade rummet och Belinha också. Hon utnyttjade det och flyttade till köket där hon träffade sin syster. Amelinha tvättade de smutsiga diskarna till middag.

"God natt till dig, Amelinha. Du kommer inte att tro. Gissa som kommer över.

"Jag har ingen aning, syster. Vem?

"Den Flavius. Jag träffade honom i det virtuella chattrummet. Han kommer att vara vår underhållning idag.

"Hur ser han ut?

"Det är Svart man. Har du någonsin stannat upp och tänkt att det kan vara trevligt? Den stackars mannen vet inte vad vi är kapabla till!

"Det är verkligen syster! Låt oss göra slut på honom.

"Han kommer att falla, med mig! "Sa Belinha.

"Nej! Det kommer att vara med Jag "svarade Amelinha.

"En sak är säker: Med en av oss kommer han att fall", avslutade Belinha.

"Det är sant! Vad sägs om att vi gör allt klart i sovrummet?

"Bra idé. Jag hjälper dig!

De två omättliga dockorna gick till rummet och lämnade

allt organiserat för hanens ankomst. Så snart de är klara hör de klockan ringa.

"Är det han, syster? "Frågade Amelinha.

"Låt oss kolla in det tillsammans! (Belinha)

"Kom igen! Amelinha instämde.

Steg för steg passerade de två kvinnorna sovrumsdörren, passerade matsalen rum, och kom sedan in i vardagsrummet. De gick till dörren. När de öppnar den möter de Flavius charmiga och manliga leende.

"God natt! Ok? Jag är Flavius.

"God natt. Du är varmt välkommen. Jag är Belinha som pratade med dig på datorn och den här söta tjejen bredvid mig är min syster.

"Trevligt att träffas Flavius! "Sa Amelinha.

"Trevligt att träffas. Kan jag komma in?

"Säker! "De två kvinnorna svarade samtidigt.

Hingsten hade tillgång till rummet genom att observera varje detalj i inredningen. Vad var det som pågick i det kokande sinnet? Han berördes särskilt av vart och ett av dessa kvinnliga exemplar. Efter Ett ögonblick såg han djupt in i ögonen på de två hororna och sa:

"Är du redo för vad jag har kommit för att göra?

"Klar "Bekräftade älskarna!

Trion stannade hårt och gick en lång väg till husets större rum. Genom att stänga dörren var de säkra på att himlen skulle gå åt helvete på några sekunder. Allt var perfekt: arrangemanget av handdukarna, sexleksakerna, porrfilmen som spelades på tak-tv och den romantiska musiken levande. Ingenting kunde ta bort nöjet med en fantastisk kväll.

Det första steget är att sitta vid sängen. Den svarte mannen började ta av sig kläderna från de två kvinnorna. Deras lust och törst efter sex var så stor att de orsakade lite ångest hos de söta damerna. Han tog av sig skjortan och visade bröstkorgen och buken väl utarbetad av det dagliga träningspasset på gymmet. Dina genomsnittliga hårstrån över hela denna region har dragit suckar från tjejerna. Efteråt tog han av sig byxorna så att hans Box -underkläder kunde se och därmed visa sin volym och maskulinitet. Vid den här tiden tillät han dem att röra orgeln, vilket gjorde den mer upprätt. Utan hemligheter kastade han sina underkläder och visade allt Gud gav honom.

Han var tjugotvå centimeter lång, fjorton centimeter i diameter nog för att göra dem galna. Utan att slösa bort tid föll de på honom. De började med förspelet. Medan den ena svalde kuken i munnen slickade den andra på pungpåsarna. I den här operationen har det gått tre minuter. Tillräckligt länge för att vara helt redo för sex.

Sedan började han penetrera in i den ena och sedan i den andra utan preferens. Den frekventa takten i skytteln orsakade stön, skrik och flera orgasmer efter handlingen. Det var trettio minuters vaginalt sex. Var och en halva tiden. Sedan avslutade de med oral- och analsex.

Elden

Det var en kall, mörk och regnig natt i huvudstaden i alla skogar i Pernambuco. Det fanns stunder när de främre vindarna nådde hundra kilometer i timmen och skrämde de fattiga systrarna Amelinha och Belinha. De två perversa systrarna träffades i vardagsrummet i deras enkla bostad i stadsdelen Helig Cristopher. Med inget att göra pratade de glatt om allmänna saker.

"Amelinha, hur var din dag på gårdskontoret?

"Samma gamla sak: Jag organiserade skatteplaneringen för skatte- och tullförvaltningen, hanterade betalningen av skatter, arbetade för att förebygga och bekämpa skatteflykt. Det är krävande arbete och tråkigt. Men givande och välbetalt. Och du? Hur var din rutin i skolan? "Frågade Amelinha.

"I klassen passerade jag innehållet och vägledde eleverna på bästa möjliga sätt. Jag rättade till misstagen och tog två mobiltelefoner av elever som störde klassen. Jag gav också klasser i beteende, hållning, dynamik och användbara råd. Hur som helst, förutom att vara lärare, är jag deras mamma. Ett bevis på detta är att jag i pausen infiltrerade klassen av studenter och tillsammans med dem spelade. Enligt min åsikt är skolan vårt andra hem, och vi måste ta hand om de vänskap och mänskliga kontakter som vi har från det, svarade Belinha.

"Lysande, min lillasyster. Våra verk är fantastiska eftersom de ger viktiga känslomässiga och interaktionskonstruktioner mellan människor. Ingen människa kan leva isolerad, än mindre utan psykologiska och ekonomiska resurser" analyserade Amelinha.

"Jag håller med. Arbete är viktigt för oss eftersom det gör oss oberoende av det rådande sexistiska imperiet i vår samhället "sa Belinha.

"Just. Vi kommer att fortsätta i våra värderingar och attityder. Mannen är bara bra i sängen" Amelinha observerade.

"På tal om män, vad tyckte du om Christian? "Frågade Belinha.

"Han levde upp till mina förväntningar. Efter en sådan upplevelse ber mina instinkter och mitt sinne alltid om mer att generera internt missnöje. Vad är din åsikt? "Frågade Amelinha.

"Det var bra, men jag känner mig också som du: ofullständig. Jag är torr av kärlek och sex. Jag vill alltmer. Vad har vi för idag? "Sa Belinha.

"Jag har slut på idéer. Natten är kall, mörkt och mörkt. Hör du ljudet utanför? Det är mycket regn, intensiva vindar, blixtar och åska. Jag är rädd! "Sa Amelinha.

"Jag också! "Belinha erkände.

Just nu hörs en åskande åska i hela Arcoverde. Amelinha hoppar i knät på Belinha som skriker av smärta och förtvivlan. Samtidigt saknas elektricitet, vilket gör dem båda desperata.

"Vad händer nu? Vad ska vi göra Belinha? "Frågade Amelinha.

"Gå av mig, tik! Jag ska hämta ljusen! "Sa Belinha.Belinha knuffade försiktigt sin syster till sidan av soffan när hon tafsade på väggarna för att komma till köket. Som huset är Liten, det tar inte lång tid att slutföra denna operation. Med hjälp av takt tar han ljusen i skåpet och tänder dem med tändstickorna strategiskt placerade ovanpå spisen.

Med ljusets tändning återvänder hon lugnt till rummet där han möter sin syster med ett mystiskt leende vidöppet i ansiktet. Vad höll hon på med?

"Du kan ventilera, syster! Jag vet att du tänker något", sa Belinha.

"Vad händer om vi ringde stadens brandkår och varnade för en brand? Sa Amelinha.

"Låt mig klargöra detta. Vill du uppfinna en fiktiv eld för att locka dessa män? Vad händer om vi blir arresterade? "Belinha var rädd.

"Min kollega! Jag är säker på att de kommer att älska överraskningen. Vad är det bättre de har att göra en mörk och tråkig natt som denna? "Sa Amelinha.

"Du har rätt. De kommer att tacka dig för det roliga. Vi kommer att bryta elden som förtär oss från insidan. Nu kommer frågan: Vem kommer att ha modet att ringa dem? "Frågade Belinha.

"Jag är väldigt blyg. Jag lämnar denna uppgift till dig, min syster" sa Amelinha.

"Alltid jag. Okej. Vad som än händer Amelinha." Avslutade Belinha.

Reser sig från soffan går Belinha till bordet i hörnet där mobilen är installerad. Hon ringer brandkårens nödnummer och väntar på svar. Efter några beröringar hör han en djup, fast röst som talar från andra sidan.

"God natt. Det här är brandkåren. Vad vill du?

"Jag heter Belinha. Jag bor i Helig Cristopher grannskap här i Arcoverde. Min syster och jag är desperata över allt detta regn. När el gick ut här i vårt hus, orsakade en kortslutning, började sätta föremålen i brand. Lyckligtvis gick min syster och jag ut. Elden förtär långsamt huset. Vi behöver hjälp av brandmännen, säger flickan bedrövat.

"Ta det lugnt, min vän. Vi kommer snart. Kan du ge

detaljerad information om din plats? "Frågade brandmannen i tjänst.

"Mitt hus ligger exakt på centrala avenyn, tredje huset till höger. Är det okej med dig?

"Jag vet var den är. Vi kommer att vara där om några minuter. Var lugn,"sa brandmannen.

"Vi väntar. Tack! "Tack Belinha.

När de återvände till soffan med ett brett flin släppte de två sina kuddar och fnös av det roliga de gjorde. Detta rekommenderas dock inte att göra om de inte var två horor gillar dem.

Ungefär tio minuter senare hörde de en knackning på dörren och gick för att svara på den. När de öppnade dörren mötte de tre magiska ansikten, var och en med sin karakteristiska skönhet. En var svart, sex fot lång, ben och armar medium. En annan var mörk, en meter och nittio lång, muskulös och skulptural. En tredje var vit, kort, tunn, men mycket förtjust. Den vita pojken vill presentera sig:

"Hej, damer, god natt! Jag heter Roberto. Den här mannen bredvid heter Matthew och den bruna mannen, Philip. Vad heter du och var är branden?

"Jag är Belinha, jag pratade med dig i telefon. Denna brunhåriga person här är min syster Amelinha. Kom in så ska jag förklara det för dig.

"Okej. De tog in de tre brandmännen samtidigt.

Kvintetten gick in i hus, och allt verkade normalt eftersom elen hade återvänt. De slår sig ner i soffan i vardagsrummet tillsammans med tjejerna. Misstänksamma gör de konversation.

"Elden är över, eller hur? "Frågade Matthew.

"Ja. Vi kontrollerar det redan tack vare en heroisk insats", förklarade Amelinha.

"Medlidande! Jag har velat jobba. Där i barackerna är rutinen så monoton, säger Felipe.

"Jag har en idé. Vad sägs om att arbeta på ett mer lustfyllt sätt? "Belinha föreslog.

"Du menar att du är vad jag tycker? "Ifrågasatte Felipe.

"Ja. Vi är ensamstående kvinnor som älskar njutning. På humör för skojs skull? "Frågade Belinha.

"Bara om du går nu" svarade svart man.

"Jag är också med" bekräftade den bruna mannen.

"Vänta på mig" Den vita pojken är tillgänglig.

"Så Låt oss", sa tjejerna.

Kvintetten kom in i rummet och delade en dubbelsäng. Sedan började sexorgie. Belinha och Amelinha turades om att delta i de tre brandmännens nöje. Allt verkade magiskt och det fanns ingen bättre känsla än att vara med dem. Med olika gåvor upplevde de sexuella och placera variationer som skapade en perfekt bild.

Flickorna verkade omättliga i sin sexuella glöd vad som gjorde dessa proffs galna. De gick igenom natten och hade sex och njutningen tycktes aldrig ta slut. De lämnade inte förrän de fick ett brådskande samtal från jobbet. De slutade och gick för att svara på polisrapporten. Ändå skulle de aldrig glömma den underbara upplevelsen tillsammans med de "perversa systrarna".

Medicinsk konsultation

Det gick upp för den vackra vildmark huvudstaden. Vanligtvis vaknade de två perversa systrarna tidigt. Men när de stod upp mådde de inte bra. Medan Amelinha fortsatte att nysa kände sig hennes syster Belinha lite kvävd. Dessa fakta kom från föregående natt på Virginia Krig fyrkant där de drack, kysstes på munnen och fnös harmoniskt i den fridfulla natten.

Eftersom de inte mådde bra och saknade styrka för någonting, satt de i soffan och tänkte religiöst på vad de skulle göra eftersom professionella åtaganden väntade på att lösas.

"Vad gör vi, syster? Jag är helt andfådd och utmattad" sa Belinha.

"Berätta om det! Jag har huvudvärk och jag börjar få ett virus. Vi är förlorade! "Sa Amelinha.

"Men jag Tror inte att det är en anledning att missa jobbet! Människor är beroende av oss! "Sa Belinha

"Lugna Låt oss inte gripas av panik! Vad sägs om att vi går med i trevligt? "Föreslog Amelinha.

"Säg inte att du tänker vad jag tänker .... "Belinha blev förvånad.

"Det stämmer. Låt oss gå till doktorn tillsammans! Det kommer att vara en stor anledning att sakna arbete och vem vet händer inte vad vi vill! "Sa Amelinha

"Bra idé! Så, vad väntar vi på? Låt oss göra oss redo! "Frågade Belinha.

"Kom igen! "Amelinha gick med på det.

De två gick till sina respektive inhägnader. De var så glada över beslutet; de såg inte ens sjuk ut. Var allt bara deras uppfinning? Förlåt mig, läsare, låt oss inte tycka illa om våra kära vänner. I stället kommer vi att följa dem i detta spännande nya kapitel i deras liv.

I sovrummet badade de i sina sviter, tog på sig nya kläder och skor, kammade sitt långa hår, tog på sig en fransk parfym och gick sedan till köket. Där krossade de ägg och ost och fyllde två bröd och åt med en kyld juice. Allt var otroligt gott. Ändå verkade de inte känna det eftersom ångesten och nervositeten framför läkarbesöket var gigantisk.

Med allt klart lämnade de köket för att lämna huset. För varje steg de tog bultade deras små hjärtan av känslotänkande i en helt ny upplevelse. Välsignade vare de alla! Optimismen grep tag i dem och var något att följa av andra!

På utsidan av huset går de till garaget. När de öppnar dörren i två försök står de framför den blygsamma röda bilen. Trots sin goda smak i bilar föredrog de populära framför klassikerna av rädsla för det vanliga våldet som finns i alla brasilianska regioner.

Utan dröjsmål går flickorna in i bilen och ger utgången försiktigt och sedan stänger en av dem garaget och återvänder till bilen omedelbart efter. Vem kör är Amelinha med erfarenhet redan tio år? Belinha får ännu inte köra.

Den Märkbart kort väg mellan deras hem och sjukhuset görs med säkerhet, harmoni och lugn. I det ögonblicket hade de en falsk känsla av att de kunde göra vad som helst. Motsägelsefullt var de rädda för hans list och frihet. De blev själva förvånade över de åtgärder som vidtagits. Det var inte för något mindre som de kallades slampiga bra jävlar!

När de anlände till sjukhuset planerade de mötet och

väntade på att bli kallade. Under detta tidsintervall utnyttjade de att göra ett mellanmål och utbytte meddelanden via mobilapplikationen med sina kära sexuella tjänare. Mer cynisk och glad än dessa var det omöjligt att vara!

Efter ett tag, Det är deras tur att synas. Oskiljaktiga, de går in på vårdkontoret. När detta händer har läkaren nästan hjärtinfarkt. Framför dem var en sällsynt bit av en man: En lång blondhårig person, en meter och nittio centimeter lång, skäggig, hår som bildar en hästsvans, muskulösa armar och bröst, naturliga ansikten med ett änglalikt utseende. Redan innan de hann formulera en reaktion uppmanar han:

"Sätt er ner, båda två!

"Tack! "De sa båda.

De två har tid att göra en snabb analys av miljön: Framför servicebordet, läkaren, stolen där han satt och bakom en garderob. På höger sida, en säng. På väggen, expressionistiska målningar av författaren Cândido Portinari som visar mannen från landsbygden. Atmosfären är väldigt mysig och lämnar tjejerna lugna. Atmosfären av avkoppling bryts av den formella aspekten av samrådet.

"Berätta vad ni känner, tjejer!

Det lät informellt för tjejerna. Hur söt var den blonda mannen! Det måste ha varit gott att äta.

"Huvudvärk, indisposition och virus! "Berättade för Amelinha.

"Jag är andfådd och trött! "Hävdade Belinha.

"Det är ok! Låt mig titta! Lägg dig på sängen! "Frågade doktorn.

Den Horor andades knappt på denna begäran. Den

professionella fick dem att ta av sig en del av sina kläder och kände dem i olika delar vilket orsakade frossa och kallsvettningar. Insåg att det inte var något allvarligt med dem, skämtade skötaren:

"Allt ser perfekt ut! Vad vill du att de ska vara rädda för? En injektion i röven?

"Jag älskar det! Om det är en stor och tjock injektion ännu bättre! "Sa Belinha.

"Kommer du att ansöka långsamt, kärlek? "Sa Amelinha.

"Du begär redan för mycket! "Noterade klinikern.

När han försiktigt stänger dörren faller han på tjejerna som ett vilddjur. Först tar han resten av kläderna från kropparna. Detta skärper hans libido ännu mer. Genom att vara helt naken beundrar han för ett ögonblick dessa skulpturala varelser. Då Det är hans tur att visa upp sig. Han ser till att de tar av sig kläderna. Detta ökar samspelet och intimiteten mellan gruppen.

Med allt klart börjar de förberedelserna för sex. Med tungan i känsliga delar som anus, röv och öra orsakar blondinen mini-njutningsorgasmer hos båda kvinnorna. Allt gick bra även när någon fortsatte att knacka på dörren. Ingen väg ut, måste han svara. Han går lite och öppnar dörren. När han gör det stöter han på joursjuksköterskan: en smal två lopp person, med smala ben och exceptionellt låg.

"Läkare, jag har en fråga om en patients medicinering: är det fem eller tre hundra milligram aspirin? "Frågade Roberto som visade ett recept.

"Femhundra! "Bekräftade Alex.

I detta ögonblick såg sjuksköterskan fötterna på de nakna tjejerna som försökte gömma sig. Skrattade inombords.

"Skämtar lite, läkare? Ring inte ens dina vänner!

"Ursäkta mig! Vill du vara med i gänget?

"Det vill jag gärna!

"Kom då!

De två gick in i rummet och stängde dörren bakom sig. Mer än snabbt, den två lopp person tog av sig kläderna. Naken visade han sin långa, tjocka, ådriga mast som en trofé. Belinha var glad och gav honom snart oralsex. Alex krävde också att Amelinha skulle göra detsamma med honom. Efter oralt började de anal. I den här delen hade Belinha oerhört svårt att hålla i sjuksköterskans monsterkuk. Men när det väl kom in i hålet var deras nöje enormt. Å andra sidan kände de inga svårigheter eftersom deras penis var normal.

Sedan hade de vaginalt sex i olika positioner. Rörelsen fram och tillbaka i hålrummet orsakade hallucinationer i dem. Efter detta stadium förenades de fyra i ett gruppsex. Det var den bästa upplevelsen där de återstående energierna spenderades. Femton minuter senare var de båda slutsålda. För systrarna skulle sex aldrig ta slut, men bra som de respekterades dessa mäns svaghet. De ville inte störa sitt arbete och slutade ta intyget om motivering av arbetet och sin personliga telefon. De lämnade helt sammansatta utan att väcka någons uppmärksamhet under sjukhusövergången.

När de anlände till parkeringsplatsen gick de in i bilen och började vägen tillbaka. Lyckliga som de är tänkte de redan på sitt nästa sexuella bus. De perversa systrarna var verkligen något!

Privatlektion

Det var en eftermiddag som alla andra. Nykomlingar från jobbet, de perversa systrarna var upptagna med hushållssysslor. Efter att ha avslutat alla uppgifter samlades de i rummet för att vila lite. Medan Amelinha läste en bok använde Belinha mobilt internet för att surfa på sina favoritwebbplatser.

Vid någon tidpunkt skriker den andra högt i rummet, vilket skrämmer hennes syster.

"Vad är det, tjej? Är du galen? "Frågade Amelinha.

"Jag gick precis in på webbplatsen för tävlingar med en tacksam överraskning", informerade Belinha.

"Berätta mer!

"Registreringar av den federala regionala domstolen är öppna. Låt oss göra det?

"Bra samtal, min syster! Vad är lönen?

"Mer än tio tusen initiala dollar.

"Mycket bra! Mitt jobb är bättre. Jag kommer dock att göra tävlingen eftersom jag förbereder mig för att leta efter andra evenemang. Det kommer att fungera som ett experiment.

"Du gör det väldigt bra! Du uppmuntrar mig. Nu vet jag inte var jag ska börja. Kan du ge mig tips?

"Köp en virtuell kurs, ställ en massa frågor på testplatserna, gör och gör om tidigare tester, skriv sammanfattningar, titta på tips och ladda ner bra material på internet bland annat.

"Tack! Jag tar alla dessa råd! Men jag behöver något mer. Titta, syster, eftersom vi har pengar, vad sägs om att vi betalar för en privatlektion?

– Det hade jag inte tänkt på. Det är en innovativ idé! Har du några förslag på en kompetent person?

"Jag har en mycket kompetent lärare här från Arcoverde i mina telefonkontakter. Titta på hans bild!

Belinha gav sin syster sin mobiltelefon. När hon såg pojkens bild var hon extatisk. Förutom stilig var han smart! Det skulle vara ett perfekt offer för paret att gå med i det användbara till det trevliga.

"Vad väntar vi på? Hämta honom, syster! Vi måste studera snart. "Sa Amelinha.

"Du har det! " Belinha accepterade.

När hon stod upp från soffan började hon ringa telefonens nummer på nummerplattan. När samtalet har ringts tar det bara några ögonblick att besvaras.

"Hej. Ni alla, eller hur?

"Allt är fantastiskt, Renato.

"Skicka ut beställningarna.

"Jag surfade på Internet när jag upptäckte att ansökningar till den federala regionala domstolen är öppna. Jag namngav mitt sinne omedelbart som en respektabel lärare. Kommer du ihåg skolsäsongen?

"Jag minns den tiden väl. Goda tider de som inte kommer tillbaka!

"Det stämmer! Har du tid att ge oss en privatlektion?

"Vilken konversation, unga dam! För dig har jag alltid tid! Vilket datum sätter vi?

"Kan vi göra det imorgon klockan 2:00? Vi måste komma i gång!

"Självklart gör jag det! Med min hjälp säger jag ödmjukt att chanserna att passera ökar otroligt.

"Jag är säker på det!

"Vad bra! Du kan förvänta dig mig klockan 2:00.

"Tack så mycket! Träffa dig i morgon!

"Vi ses senare!

Belinha lade på telefonen och skissade ett leende för sin följeslagare. Amelinha misstänkte svaret och frågade:

"Hur gick det?

"Han accepterade. I morgon klockan 2:00 kommer han att vara här.

"Vad bra! Nerver dödar mig!

"Ta det bara lugnt, syster! Det kommer att bli okej.

"Amen!

"Ska vi laga middag? Jag är redan hungrig!

"Väl ihågkommen.!

Paret gick från vardagsrummet till köket där de i en trevlig miljö pratade, lekte, lagade mat bland andra aktiviteter. De var exemplariska figurer av systrar förenade av smärta och ensamhet. Det faktum att de var Bastards i sex kvalificerade dem bara ännu mer. Som ni alla vet har den brasilianska kvinnan varmt blod.

Strax därefter fraterniserade de runt bordet och tänkte på livet och dess växlingar.

"När jag äter den här läckra kycklingstroganoffen minns jag den svarta mannen och brandmännen! Stunder som aldrig verkar passera! "Sa Belinha!

"Berätta om det! De killarna är läckra! För att inte tala om sjuksköterskan och läkaren! Jag älskade det också! "Kom ihåg Amelinha!

"Sant nog, min syster! Att ha en vacker mast blir någon man trevlig! Må feministerna förlåta mig!

"Vi behöver inte vara så radikala ...!

De två skrattar och fortsätter att äta maten på bordet. För ett ögonblick spelade inget annat någon roll. De var ensamma i världen och det kvalificerade dem som gudinnor av skönhet och kärlek. För det viktigaste är att må bra och ha självkänsla.

Säkra på sig själva fortsätter de i familjeritualen. I slutet av detta skede surfar de på internet, lyssnar på musik på vardagsrumsstereon, tittar på tvåloperor och senare en porrfilm. Denna rusning lämnar dem andfådda och trötta och tvingar dem att vila i sina respektive rum. De väntade ivrigt på nästa dag.

Det kommer inte att dröja länge innan de faller i en djup sömn. Förutom mardrömmar äger natt och gryning rum inom det normala intervallet. Så snart gryningen kommer, står de upp och börjar följa den normala rutinen: Bad, frukost, arbete, återvända hem, bad, lunch, tupplur och flytta till rummet där de väntar på det planerade besöket.

När de hör knackningar på dörren reser sig Belinha och går för att svara. När han gör det stöter han på den leende läraren. Detta orsakade honom god intern tillfredsställelse.

"Välkommen tillbaka, min vän! Redo att lära oss?

"Ja, väldigt, väldigt redo! Tack igen för denna möjlighet! "Sa Renato.

"Låt oss gå in! " Sade Belinha.

Pojken tänkte inte två gånger och accepterade flickans begäran. Han hälsade på Amelinha och på hennes signal satte han sig i soffan. Hans första inställning var att ta av den svarta stickade blusen eftersom den var för varm. Med detta lämnade han sin brunn-arbetade bröstplåt i gymmet, svetten droppade och hans mörkhyade ljus. Alla dessa detaljer var ett naturligt afrodisiakum för dessa två "perversa".

Låtsades som ingenting hände och en konversation inleddes mellan dem tre.

"Förberedde du en bra klass, professor? " Frågade Amelinha.

"Javisst! Låt oss börja med vilken artikel? "Frågade Renato.

"Jag vet inte ... "sa Amelinha.

"Vad sägs om att vi har kul först? Efter att du tog av dig skjortan blev jag våt! "Erkände Belinha.

"Jag också", sa Amelinha.

"Ni två är verkligen sexgalningar! Är det inte det jag älskar? "Sa mästaren.

Utan att vänta på svar tog han av sig sina blå jeans som visade musklerna i låret, solglasögonen som visade hans blå ögon och slutligen hans underkläder som visade en perfektion av lång penis, medeltjocklek och med triangulärt huvud. Det räckte för att de små hororna skulle falla på toppen och börja njuta av den manliga, jovialiska kroppen. Med hans hjälp tog de av sig kläderna och började förberedelserna för sex.

Kort sagt, detta var ett underbart sexuellt möte där de upplevde många nya saker. Det var fyrtio minuter av vild sex i fullständig harmoni. I dessa ögonblick var känslan så stor att de inte ens märkte tid och rum. Därför var de oändliga genom Guds kärlek.

När de nådde extas vilade de lite på soffan. De studerade sedan de discipliner som tävlingen tog ut. Som studenter var de två hjälpsamma, intelligent och disciplinerad, vilket noterades av läraren. Jag är säker på att de var på väg att godkännas.

Tre timmar senare slutade de lova nya studiemöten.

Lyckliga i livet gick de perversa systrarna för att ta hand om sina andra uppgifter och tänkte redan på sina nästa äventyr. De var kända i staden som " Den omättliga ".

Tävlingsprov

Det har gått ett tag. I ungefär två månader ägnade sig de perversa systrarna åt tävlingen enligt den tillgängliga tiden. För varje dag som gick var de mer förberedda på vad som än kom och gick. Samtidigt fanns det sexuella möten, och i dessa ögonblick befriades de.

Testdagen hade äntligen kommit. De två systrarna lämnade tidigt från inlandets huvudstad och började gå motorvägen BR 232 på en total rutt på 250 km. På vägen passerade de huvudpunkterna i statens inre: Pesqueira, Vacker trädgård, Helig Gaetano, Caruaru, Gravatá, Kalvar och helgons seger Antao. Var och en av dessa städer hade en historia att berätta och från deras erfarenhet absorberade de den helt. Hur bra det var att se bergen, den Atlantskogen, caatinga, gårdarna, gårdarna, byarna, småstäderna och att smutta på den rena luften som kommer från skogarna. Pernambuco var en underbar stat!

När de går in i huvudstadens urbana omkrets firar de resans goda förverkligande. Ta huvudgatan till grannskapets bra resa där de skulle utföra testet. På vägen möter de överbelastad trafik, likgiltighet från främlingar, förorenade luft och brist på vägledning. Men de klarade sig äntligen. De går in i respektive byggnad, identifierar sig och påbörjar testet som skulle pågå i två perioder. Under den första delen av testet är de helt fokuserade på utmaningen med flervalsfrågor. Tja, utarbetad av banken som ansvarar för evenemanget, föranledde de mest olika utarbetande av de två. Enligt deras uppfattning klarade de sig bra. När de tog pausen gick de ut för lunch och en juice på en restaurang framför byggnaden. Dessa stunder var viktiga för dem för att behålla sitt förtroende, förhållande och vänskap.

Därefter gick de tillbaka till testplatsen. Sedan började den andra perioden av evenemanget med frågor som handlade om andra discipliner. Även utan att hålla samma takt var de fortfarande mycket lyhörda i sina svar. De bevisade på detta sätt att det bästa sättet att klara tävlingar är genom att ägna mycket åt studier. Ett tag senare avslutade de sitt självsäkra deltagande. De överlämnade bevisen, återvände till bilen och rörde sig mot stranden i närheten.

På vägen spelade de, slog på ljudet, kommenterade loppet och avancerade på gatorna i Recife och tittade på huvudstadens upplysta gator eftersom det var natt. De förundras över skådespelet som ses. Inte konstigt att staden är känd som "tropikernas huvudstad". Solen går ner och ger miljön ett ännu mer magnifikt utseende. Vad trevligt att vara där just nu!

När de nådde den nya punkten närmade de sig havets stränder och lanserade sedan i dess kalla och lugna vatten. Känslan som provoceras är extatisk av glädje, tillfredsställelse, tillfredsställelse och fred. De tappar koll på tiden och simmar tills de är trötta. Därefter ligger de på stranden i stjärnljus utan rädsla eller oro. Magi tog tag i dem briljant. Ett ord som skulle användas i detta fall var "Omätbar".

Vid något tillfälle, med stranden nästan öde, finns det ett tillvägagångssätt av två män av flickorna. De försöker stå upp och springa inför fara. Men de stoppas av pojkarnas starka armar.

"Ta det lugnt, tjejer! Vi kommer inte att skada dig! Vi ber bara om lite uppmärksamhet och tillgivenhet! "En av dem talade.

Inför den mjuka tonen skrattade flickorna av känslor. Om de ville ha sex, varför inte tillfredsställa dem? De var experter på denna konst. Som svar på deras förväntningar stod de upp och hjälpte dem att ta av sig kläderna. De levererade två kondomer och gjorde en striptease. Det räckte för att göra de två männen galna.

När de föll till marken älskade de varandra parvis och deras rörelser fick golvet att skaka. De tillät sig alla sexuella variationer och önskningar hos båda. Vid denna leveranspunkt har de brydde sig inte om något eller någon. För dem var de ensamma i universum i en stor ritual av kärlek utan fördomar. I sex var de helt sammanflätade och producerade en kraft som aldrig sett. Liksom instrument var de en del av en större kraft i fortsättningen av livet.

Bara utmattning tvingar dem att sluta. Helt nöjda slutar männen och går därifrån. Flickorna bestämmer sig för att gå tillbaka till bilen. De börjar sin resa tillbaka till sin bostad. Tja, de tog med sig sina erfarenheter och förväntade sig goda nyheter om tävlingen de deltog i. De förtjänade verkligen världens bästa lycka.

Tre timmar senare kom de hem i fred. De tackar Gud för välsignelserna som de får genom att somna. Häromdagen väntade jag på fler känslor för de två galningarna.

Lärarens återkomst

Gryning. Solen stiger tidigt med sina strålar som passerar genom sprickorna i fönstret och kommer att smeka ansiktena på våra kära barn. Dessutom bidrog den fina morgonbrisen till att skapa stämning i dem. Så trevligt det var att få möjlighet till en annan dag med Faders välsignelse. Långsamt reser de sig upp från sina respektive sängar vid samtidigt. Efter badet äger deras möte rum i baldakinen där de förbereder frukost tillsammans. Det är ett ögonblick av glädje, förväntan och distraktion som delar erfarenheter vid otroligt fantastiska tider.

När frukosten är klar samlas de bekvämt runt bordet sittande på trästolar med ryggstöd för kolonnen. Medan de äter utbyter de intima upplevelser.

Belinha

Min syster, vad var det?

Amelinha

Ren känsla! Jag minns fortfarande varje detalj av kropparna av dessa kära kretiner!

Belinha

Jag också! Jag kände en enorm njutning. Det var nästan extrasensoriskt.

Amelinha

Jag vet! Låt oss göra dessa galna saker oftare!

Belinha

Jag håller med!

Amelinha

Gillade du testet?

Belinha

Jag älskade det. Jag längtar efter att kolla min prestation!

Amelinha

Jag också!

Så snart de slutade mata tog flickorna upp sina mobiltele-
foner genom att komma åt mobilt internet. De navigerade
till organisationens sida för att kontrollera återkopplingen av
beviset. De skrev ner det på papper och gick till rummet för
att kontrollera svaren.

Inuti hoppade de av glädje när de såg den goda tonen. De
hade passerat! Känslan som kändes kunde inte hållas tillbaka
just nu. Efter att ha firat mycket har han den bästa idén: Bjud
in mästare Renato så att de kan fira uppdragets framgång.
Belinha är återigen ansvarig för uppdraget. Hon tar upp sin
telefon och ringer.

Belinha

Hej?

Renato

Hej, är du okej? Hur mår du, söta Belinha?

Belinha

Mycket väl! Gissa vad som just hände.

Renato

Säg inte att du ....

Belinha

Ja! Vi klarade tävlingen!

Renato

Mina gratulationer! Berättade jag inte för dig?

Belinha

Jag vill tacka er så mycket för ert samarbete på alla sätt. Du
förstår mig, eller hur?

Renato

Jag förstår. Vi måste skapa något. Helst hemma hos dig.

Belinha

Det var just därför jag ringde. Kan vi göra det idag?

Renato

Ja! Jag kan göra det ikväll.

Belinha

Undra. Vi förväntar oss att du då klockan åtta på natten.

Renato

Okej. Kan jag ta med min bror?

Belinha

Självklart!

Renato

Vi ses senare!

Belinha

Vi ses senare!

Anslutningen avslutas. När hon tittar på sin syster släpper Belinha ett skratt av lycka. Nyfiken frågar den andra:

Amelinha

Än sen då? han kommer?

Belinha

Det är okej! Klockan åtta ikväll återförenas vi. Han och hans bror kommer! Har du funderat på orgie?

Amelinha

Berätta om det! Jag dunkar redan av känslor!

Belinha

Varde hjärta! Jag hoppas att det löser sig!

Amelinha

"Allt har fungerat!

De två skrattar samtidigt som de fyller miljön med positiva

vibrationer. I det ögonblicket tvivlade jag inte på att ödet konspirerade för en rolig natt för den galna duon. De hade redan uppnått så många steg tillsammans att de inte skulle försvagas nu. De bör därför fortsätta att idolisera män som en sexuell lek och sedan kassera dem. Det var det minsta ras kunde göra för att betala för deras lidande. Faktum är att ingen kvinna förtjänar att lida. Eller snarare, varje kvinna förtjänar ingen smärta.

Dags att komma till jobbet. De två systrarna lämnar rummet redan klart och går till garaget där de lämnar i sin privata bil. Amelinha tar Belinha till skolan först och åker sedan till gårdskontoret. Där utstrålar hon glädje och berättar de professionella nyheterna. För godkännande av tävlingen får han gratulationer från alla. Samma sak händer med Belinha.

Senare återvänder de hem och träffas igen. Sedan börjar förberedelserna för att ta emot dina kollegor. Dagen lovade att bli ännu mer speciell.

Exakt vid den schemalagda tiden hör de knackningar på dörren. Belinha, den smartaste av dem, står upp och svarar. Med fasta och säkra steg sätter han sig i dörren och öppnar den långsamt. Efter avslutad operation visualiserar han bröderna. Med en signal från värden går de in och bosätter sig i soffan i vardagsrummet.

Renato

Det här är min bror. Hans namn är Ricardo.

Belinha

Trevligt att träffas, Ricardo.

Amelinha

Välkommen hit!

Ricardo

Jag tackar er båda. Nöjet är helt mitt!

Renato

Jag är redo! Kan vi bara gå till rummet?

Belinha

Kom igen!

Amelinha

Vem får vem nu?

Renato

Jag väljer Belinha själv.

Belinha

Tack, Renato, tack! Vi är tillsammans!

Ricardo

Jag stannar gärna hos Amelinha!

Amelinha

Du kommer att darra!

Ricardo

Vi får se!

Belinha

Låt då festen börja!

Männen lade försiktigt kvinnorna på armen och bar upp dem till sängarna i sovrummet hos en av dem. När de anländer till platsen tar de av sig kläderna och faller i de vackra möblerna och börjar kärleksritualen i flera positioner, utbyter smekningar och medverkan. Spänningen och njutningen var så stor att stönen som producerades kunde höras tvärs över gatan och skandalisera grannarna. Jag menar, inte så mycket, för de visste redan om deras berömmelse.

Med slutsatsen från toppen återvänder älskarna till köket

där de dricker juice med kakor. Medan de äter pratar de i två timmar, vilket ökar gruppens interaktion. Hur bra det var att vara där och lära sig om livet och hur man är lycklig. Tillfredsställelse är att vara bra med dig själv och med världen som bekräftar sina erfarenheter och värderingar inför andra som bär vissheten om att inte kunna dömas av andra. Därför var det maximala de trodde "Var och en är sin egen person".

Vid mörkrets inbrott säger de äntligen adjö. Besökarna lämnar "Kära Pyrenéerna" ännu mer euforiska när de tänker på nya situationer. Världen bara fortsatte att vända sig mot de två förtrogna. Må de ha tur!

Den maniska clownen

Söndagen kom och med honom en hel del nyheter i stan. Bland dem, ankomsten av en cirkus med namnet "Superstar", känd över hela Brasilien. Det var allt vi pratade om i området. Nyfiken medfödd programmerade de två systrarna att delta i öppningen av showen planerad till just denna kväll.

Nära schemat var de två redan redo att gå ut efter en speciell middag för deras ogifta person firande. Klädda för galan, båda paraderade i samtidigt, där de lämnade huset och gick in i garaget. När de går in i bilen börjar de med att en av dem kommer ner och stänger garaget. Med återkomsten av samma kan resan återupptas utan ytterligare problem.

Lämna distriktet Helig Christopher, gå mot distriktet Boa Vista i andra änden av staden, huvudstaden i inlandet med cirka åttio tusen invånare. När de går längs de lugna avenyerna förvånas de över arkitekturen, juldekorationen, folkets andar, kyrkorna, bergen de tycktes tala om, de doftande ordlekarna som utbyttes i medverkan, ljudet av hög rock, den franska parfymen, samtalen om politik, näringsliv, samhälle, fester, nordöstra kultur och hemligheter. Hur som helst, de var helt avslappnade, oroliga, nervösa och koncentrerade.

På vägen, omedelbart, faller ett fint regn. Mot förväntan öppnar flickor fordonsfönstren och gör små droppar vatten smörjer ansikten. Denna gest visar deras enkelhet och äkthet, sanna självastrala mästare. Detta är det bästa alternativet för människor. Vad är poängen med att ta bort misslyckanden, rastlöshet och smärta från det förflutna? De skulle inte ta dem någonstans. Det var därför de var lyckliga genom sina val. Även om världen dömde dem, brydde de sig inte eftersom de ägde sitt öde. Grattis på födelsedagen till dem!

Ungefär tio minuter ut står de redan på parkeringen i anslutning till cirkusen. De stänger bilen, går några meter in på innergården i miljön. För att komma tidigt sitter de på de första läktarna. Medan du väntar på showen köper de popcorn, öl, släpper skitsnacket och tysta ordlekar. Det fanns inget bättre än att vara i cirkusen!

Fyrtio minuter senare inleds showen. Bland attraktionerna finns skämtande clowner, akrobater, trapetsartister, ormmänniska, dödsklotet, trollkarlar, jonglörer och en musikalisk show. I tre timmar lever de magiska stunder, roliga, distraherade, leker, blir kär, äntligen, lever. Med upplösningen av showen ser de till att gå till omklädningsrummet och hälsa på en av clownerna. Han hade åstadkommit förkrympt att muntra upp dem som om det aldrig hänt.

Uppe på scenen måste du få en linje. Tillfälligt är de sista som går in i omklädningsrummet. Där hittar de en vanställd clown, bort från scenen.

"Vi kom hit för att gratulera dig till din fantastiska show. Det finns en Guds gåva i den! Han tittade på Belinha.

"Dina ord och gester har skakat min ande. Jag vet inte, men jag märkte en sorg i dina ögon. Har jag rätt?

"Tack båda för orden. Vad heter du? Svarade clownen.

"Jag heter Amelinha!

"Jag heter Belinha.

"Trevligt att träffas. Du kan kalla mig Gilberto! Jag har gått igenom tillräckligt med smärta i det här livet. En av dem var separationen från min fru nyligen. Du måste förstå att det inte är lätt att skilja sig från din fru efter 20 års liv, eller hur? Oavsett är jag glad att uppfylla min konst.

"Stackars kille! Jag är ledsen! (Amelinha).

"Vad kan vi göra för att muntra upp honom? (Belinha).

"Jag vet inte hur. Efter min frus uppbrott saknar jag henne så mycket. (Gilberto).

"Vi kan fixa det här, eller hur, syster? (Belinha).

"Visst. Du är en snygg man. (Amelinha)

"Tack, tjejer. Du är underbar. Utropade Gilberto.

Utan att vänta längre klädde den vita, långa, starka, mörkögda mannen av sig, och damerna följde hans exempel. Nakna gick trion in i förspelet precis där på golvet. Mer än ett utbyte av känslor och svordomar, roade sex dem och muntrade upp dem. Under dessa korta ögonblick kände de delar av en större kraft, Guds kärlek. Genom kärlek nådde de den större extas en människa kunde uppnå.

När de avslutar handlingen klär de sig och säger adjö. Att

ytterligare ett steg och slutsatsen som kom var att människan var en vild varg. En manisk clown du aldrig kommer att glömma. Inte mer, de lämnar cirkusen och flyttar till parkeringsplatsen. De sätter sig i bilen och börjar sin väg tillbaka. De närmaste dagarna utlovades fler överraskningar.

Den andra gryningen har kommit vackrare än någonsin. Tidigt på morgonen är våra vänner glada över att känna solens värme och brisen vandra i ansiktet. Dessa kontraster orsakade i den fysiska aspekten av densamma en god känsla av frihet, tillfredsställelse, tillfredsställelse och glädje. De var redo att möta en ny dag.

Men de koncentrerar sina styrkor som kulminerar på deras lyft. Nästa steg är att gå till sviten och göra det med extremt lösdriveri som om de var av staten Bahia. Inte för att skada våra kära grannar, förstås. Alla helgons land är en spektakulär plats full av kultur, historia och sekulära traditioner. Länge leve Bahia.

I badrummet tar de av sig kläderna av den konstiga känslan att de inte var ensamma. Vem har någonsin hört talas om legenden om det blonda badrummet? Efter ett skräckfilmsmaraton var det normalt att få problem med det. I efterhand, ögonblicket, nickar de huvudet försöker vara tystare. Plötsligt kommer det till var och en av dem, deras politiska bana, deras medborgarsida, deras professionella, religiösa sida och deras sexuella aspekt. De mår bra av att vara ofullkomliga enheter. De var säkra på att kvaliteter och defekter ökade deras personlighet.

Dessutom låser de in sig i badrummet. Genom att öppna duschen låter de varmvattnet rinna genom de svettiga kropparna på grund av värmen kvällen innan. Vätska fungerar som en katalysator som absorberar alla sorgliga saker. Det var precis vad de behövde nu: att glömma smärtan, traumat, besvikelserna, rastlösheten att försöka hitta nya förväntningar. Det innevarande året var avgörande i det sammanhanget. En fantastisk vändning i alla aspekter av livet.

Rengöringsprocessen initieras med användning av växtsvampar, tvål, schampo, förutom vatten. För närvarande känner de ett av de bästa nöjen som tvingar dig att komma ihåg biljetten på revet och äventyren på stranden. Intuitivt ber deras vilda ande om fler äventyr i det de stannar för att analysera så snart de kan. Situationen gynnas av den ledighet som uppnåtts vid bådas arbete som ett pris för engagemang för offentlig service.

I cirka 20 minuter lägger de lite åt sidan sina mål för att leva ett reflekterande ögonblick i deras respektive intimitet. I slutet av denna aktivitet kommer de ut ur toaletten, torkar den våta kroppen med handduken, bär rena kläder och skor, bär schweizisk parfym, importerat smink från Tyskland med riktigt fina solglasögon och tiaror. Helt redo flyttar de till koppen med sina plånböcker på remsan och hälsar sig nöjda med återföreningen tack vare den gode Herren.

I samarbete förbereder de en frukost av avund: couscous i kycklingsås, grönsaker, frukt, kaffekräm och kex. I lika delar är maten uppdelad. De varvar stunder av tystnad med korta ordväxlingar eftersom de var artiga. Färdig frukost, det finns ingen flykt utöver vad de tänkte.

"Vad föreslår du, Belinha? Jag är uttråkad!

"Jag har en smart idé. Kommer du ihåg den personen vi träffade på litteraturfestivalen?

"Jag minns. Han var författare, och hans namn var gudomligt.

"Jag har hans nummer. Vad sägs om att vi hör av oss? Jag skulle vilja veta var han bor.

"Jag också. Bra idé. Gör det. Jag kommer att älska det.

"Okej!

Belinha öppnade sin handväska, tog sin telefon och började ringa. Om några ögonblick svarar någon på linjen och konversationen börjar.

"Hej.

"Hej, gudomlig. Ok?

"Okej, Belinha. Hur går det?

"Vi mår bra. Titta, är den inbjudan fortfarande på? Min syster och jag skulle vilja ha en speciell show ikväll.

"Självklart gör jag det. Du kommer inte ångra det. Här har vi sågar, riklig natur, frisk luft bortom stort sällskap. Jag är tillgänglig idag också.

"Så underbart. Tja, vänta på oss vid ingången till byn. Under de mest 30 minuterna är vi där.

"Det är ok. Vi ses senare!

"Vi ses senare!

Samtalet avslutas. Med ett flin stämplat återvänder Belinha för att kommunicera med sin syster.

"Han sa ja. Ska vi?

"Kom igen. Vad väntar vi på?

Båda paraderar från koppen till utgången av huset och stänger dörren bakom dem med en nyckel. Sedan flyttar de till garaget. De kör den officiella familjebilen och lämnar sina problem bakom sig och väntar på nya överraskningar och känslor på världens viktigaste land. Genom staden, med ett högt ljud på, behöll deras lilla hopp för sig själva. Det var värt allt i det ögonblicket tills jag tänkte på chansen att vara lycklig för alltid.

Med kort tid tar de höger sida av motorväg BR 232. Så det börjar kursens gång till prestation och lycka. Med måttlig hastighet kan de njuta av bergslandskapet vid spårets stränder. Även om det var en känd miljö, var varje passage där mer än en nyhet. Det var en återupptäckt jag.

Passerar genom platser, gårdar, byar, blå moln, aska och rosor, torr luft och varm temperatur går. Under den programmerade tiden kommer de till den mest historisk av ingången till det brasilianska inlandet. Mimoso av överstarna, den psykiska, den obefläckade avlelsen och människor med hög intellektuell kapacitet.

När de stannade vid ingången till distriktet väntade de din kära vän med samma leende som alltid. Ett gott tecken för dem som letade efter äventyr. När de går ut ur bilen går de för att träffa den ädla kollegan som tar emot dem med en kram som blir trippel. Detta ögonblick verkar inte ta slut. De upprepas redan, de börjar ändra första intryck.

"Hur mår du, gudomlig? Frägade Belinha.

"Bra, hur mår du? Motsvarade den psykiska.

"Bra! (Belinha).

"Bättre än någonsin, kompletterade Amelinha.

"Jag har en bra idé. Vad sägs om att vi går upp på berget

Ororubá? Det var där för exakt åtta år sedan som min bana i litteraturen började.

"Vilken skönhet! Det kommer att bli en ära! (Amelinha).

"För mig också! Jag älskar naturen. (Belinha).

"Så, låt oss gå nu. (Aldivan).

Den mystiska vännen till de två systrarna gick fram på gatorna i centrum. Ner till höger, in på en privat plats och gå cirka hundra meter sätter dem i botten av sågen. De gör ett snabbt stopp, så att de kan vila och hydrera. Hur var det att bestiga berget efter alla dessa äventyr? Känslan var frid, samlande, tvivel och tvekan. Det var som om det var första gången med alla utmaningar som beskattades av ödet. Plötsligt möter vänner den stora författaren med ett leende.

"Hur började allt? Vad betyder det för dig? (Belinha).

"2009 kretsade mitt liv i monotoni. Det som höll mig vid liv var viljan att externt det jag kände i världen. Det var då jag hörde talas om detta berg och krafterna i hans underbara grotta. Ingen väg ut, jag bestämde mig för att ta en chans på uppdrag av min dröm. Jag packade min väska, klättrade upp på berget, utförde tre utmaningar som jag ackrediterades in i förtvivlans grotta, den mest dödliga, farliga grottan i världen. Inuti den har jag överträffat stora utmaningar genom att sluta komma till kammaren. Det var i det ögonblicket av extas som miraklet hände, jag blev den psykiska, en allvetande varelse genom hans visioner. Hittills har det varit tjugo fler äventyr och jag kommer inte sluta så snart. Tack vare läsarna, gradvis, Jag uppnår mitt mål att erövra världen.

"Spännande. Jag är ett av dig. (Amelinha).

"Rörande. Jag vet hur du måste känna för att utföra denna uppgift igen. (Belinha).

"Utmärkt. Jag känner en blandning av bra saker, inklusive framgång, tro, klo och optimism. Det ger mig bra energi, sa spåkvinna.

"Bra. Vilka råd ger du oss?

"Låt oss behålla vårt fokus. Är ni redo att ta reda på det bättre för er själva? (befälhavaren).

"Javisst. De gick med på båda.

"Följ mig då.

Trion har återupptagit företaget. Solen värmer, vinden blåser lite starkare, fåglarna flyger i väg och sjunger, stenarna och törnena verkar röra sig, marken skakar och bergsrösterna börjar agera. Detta är den miljö som presenteras på sågens klättring.

Med mycket erfarenhet hjälper mannen i grottan kvinnor hela tiden. Genom att agera så här lade han in praktiska dygder som är viktiga som solidaritet och samarbete. I gengäld lånade de honom en mänsklig värme och ojämn hängivenhet. Vi kan säga att det var den oöverstigliga, ostoppbara, kompetenta trion.

Lite i taget går de steg för steg upp stegen av lycka. Trots den stora prestationen förblir de outtröttliga i sin strävan. I en uppföljare saktar de ner takten på promenaden lite, men håller den stabil. Som ordspråket säger, går långsamt långt borta. Denna säkerhet åtföljer dem hela tiden och skapar ett andligt spektrum av patienter, försiktighet, tolerans och övervinna. Med dessa element hade de tro till att övervinna alla motgångar.

Nästa punkt, den heliga stenen, avslutar en tredjedel av kursen. Det finns en kort paus, och de tycker om det att be, tacka, reflektera och planera nästa steg. I rätt mått var de ute efter att tillfredsställa sina förhoppningar, sina rädslor, sin smärta, tortyr och sorger. För att ha tro fyller en outplånlig frid deras hjärtan.

Med omstarten av resan återvänder osäkerheten, tvivlen och styrkan i det oväntade att agera. Även om det kunde skrämma dem, bar de tryggheten i att vara i Guds närhet och den lilla spiran i inlandet. Ingenting eller någon kunde skada dem bara för att Gud inte tillät det. De insåg detta skydd vid varje svårt ögonblick i livet där andra helt enkelt övergav dem. Gud är i själva verket vår enda lojala vän.

Vidare är de halvvägs. Klättringen förblir genomförd med mer engagemang och melodi. I motsats till vad som vanligtvis händer med vanliga klättrare hjälper rytm motivation, vilja och leverans. Även om de inte var idrottare var det anmärkningsvärt av deras prestationer för att vara friska och engagerade unga.

Efter att ha slutfört tre fjärdedelar av rutten kommer förväntningarna till outhärdliga nivåer. Hur länge skulle de behöva vänta? I detta ögonblick av tryck var det bästa att försöka kontrollera nyfikenhetens impuls. All försiktighet berodde nu på de motsatta krafternas agerande.

Med lite mer tid avslutar de äntligen rutten. Solen skiner klarare, Guds ljus lyser upp dem och kommer ut ur ett spår, väktaren och hans son Renato. Allt var helt återfött i hjärtat av de underbara små. De förtjänade den nåden för att ha arbetat så hårt. Nästa steg i det psykiska är att stöta på en tät kram med sina välgörare. Hans kollegor följer honom och ger en femdubbel kram.

" Trevligt att se dig, Guds son! Jag har inte sett dig på länge! Min modersinstinkt varnade mig för ditt närmande, sa förfädernas dam.

"Jag är glad! Det är som att jag minns mitt första äventyr. Det var så många känslor. Berget, utmaningarna, grottan och tidsresan har präglat min historia. Att komma tillbaka hit ger mig bra minnen. Nu tar jag med mig två vänliga krigare. De behövde detta möte med den heliga.

"Vad heter ni, mina damer? Frågade bergets väktare.

"Jag heter Belinha och är revisor.

"Jag heter Amelinha och är lärare. Vi bor i Arcoverde.

"Välkommen, damer. (Bergets väktare.).

"Vi är tacksamma! Sa samtidigt de två besökarna med tårar rinnande genom ögonen.

"Jag älskar nya vänskap också. Att vara bredvid min herre igen ger mig ett speciellt nöje från de outsägliga. De enda som vet hur man förstår det är vi två. Är det inte rätt, partner? (Renato).

"Du förändras aldrig, Renato! Dina ord är ovärderliga. Med all min galenskap var att hitta honom en av de goda sakerna i mitt öde.

Min vän och min bror svarade det psykiska utan att beräkna orden. De kom ut naturligt för den sanna känslan som närde honom.

"Vi är korresponderade i samma mått. Det är därför vår historia är en framgång, sa den unge mannen.

"Vad trevligt att vara i den här historien. Jag hade ingen

aning om hur speciellt berget var i sin bana, kära författare, sa Amelinha.

"Han är verkligen beundransvärd, syster. Dessutom är dina vänner genuint trevliga. Vi lever den verkliga fiktionen och det är det mest underbara som finns. (Belinha).

"Vi uppskattar komplimangen. Du måste dock vara trött på den ansträngning som används vid klättringen. Vad sägs om att vi åker hem? Vi har alltid något att erbjuda. (Madame).

– Vi har passat på att hinna med våra samtal. Jag saknar Renato så mycket.

– Jag tycker det är jättebra. När det gäller damerna, vad säger du?

"Jag kommer att älska det. (Belinha).

"Vi kommer!

"Låt oss då gå! Har slutfört mastern.

Kvintetten börjar gå i den ordning som ges av den fantastiska figuren. Omedelbart blåser ett kallt slag genom klassens trötta skelett. Vem var den kvinnan och vilka krafter hade hon? Trots så många stunder tillsammans förblev mysteriet låst som en dörr till sju nycklar. De skulle aldrig få veta eftersom det var en del av bergshemligheten. Samtidigt förblev deras hjärtan i dimman. De var utmattade av att donera kärlek och inte ta emot, förlåta och göra dem besvikna igen. Hur som helst, antingen blev de vana vid livets verklighet eller så skulle de lida mycket. De behövde därför lite råd.

Steg för steg kommer de att komma över hindren. Omedelbart hör de ett störande skrik. Med en blick lugnar chefen dem. Det var känslan av hierarkin, medan de starkaste och mest erfarna skyddade, återvände tjänarna med hängivenhet, tillbedjan och vänskap. Det var en dubbelriktad gata.

Tyvärr kommer de att hantera vandringen med stor och mildhet. Vilken idé hade gått igenom Belinha huvud? De var mitt i busken, krossade av otäcka djur som kunde skada dem. Förutom det fanns det taggar och spetsiga stenar på fötterna. Eftersom varje situation har sin synvinkel var det enda chansen att förstå dig själv och dina önskningar, något underskott i besökarnas liv. Snart var det värt äventyret.

Nästa halvvägs dit kommer de att stanna. Alldeles i närheten fanns en fruktträdgård. De är på väg mot himlen. Med anspelning på Bibelns berättelse kände de sig helt fria och integrerade med naturen. Som barn leker de klättrande träd, de tar frukterna, de kommer ner och äter dem. Sedan mediterar de. De lärde sig så snart livet görs av stunder. Oavsett om de är ledsna eller glada, är det bra att njuta av dem medan vi lever.

I efterhand tar de ett uppfriskande bad i sjön bifogad. Detta faktum framkallar goda minnen av en gång, av de mest anmärkningsvärda upplevelserna i deras liv. Vad skönt det var att vara barn! Hur svårt det var att växa upp och möta vuxenlivet. Lev med människors falska, lögn och falska moral.

När de går vidare närmar de sig ödet. Nere till höger på leden kan du redan se den enkla Tempel. Det var helgedomen för de mest underbara, mystiska människorna på berget. De var underbara, vad bevisar att en persons värde inte ligger i vad den äger. Själens adel är i karaktär, i välgörenhet och rådgivande attityder. Så säger ordspråket: en vän på torget är bättre än pengar som deponeras i en bank.

Några steg framåt stannar de framför ingången till stugan. Kommer de att få svar på dina inre frågor? Endast tiden kunde svara på denna och andra frågor. Det viktiga med detta var att de var där för vad som än kommer och går.

Med värdinnans roll öppnar vårdnadshavaren dörren och ger alla andra tillgång till insidan av huset. De går in i det tomma båset och observerar allt i stor utsträckning. De är imponerade av delikatessen på platsen som representeras av ornamentiken, föremålen, möblerna och mysterieklimatet. Motsägelsefullt, det fanns mer rikedomar och kulturell mångfald än i många palats. Så vi kan känna oss lyckliga och kompletta även i ödmjuka miljöer.

En efter en kommer du att bosätta dig på de tillgängliga platserna, förutom att Renato går till köket för att förbereda lunch. Det ursprungliga blyghetsklimatet är brutet.

"Jag skulle vilja lära känna er bättre, tjejer.

"Vi är två tjejer från Arcoverde City. Vi är lyckliga professionellt, men förlorare i kärlek. Ända sedan jag blev förrådd av min gamla partner har jag varit frustrerad, erkände Belinha.

"Det var då vi bestämde oss för att komma tillbaka till män. Vi gjorde en pakt för att locka dem och använda dem som ett objekt. Vi kommer aldrig att lida igen, säger Amelinha.

"Jag ger dem allt mitt stöd. Jag träffade dem i folkmassan och nu har deras möjlighet kommit att besöka här. (Guds Son)

"Intressant. Detta är en naturlig reaktion på besvikelsernas lidande. Det är dock inte det bästa sättet att följas. Att döma en hel art av en persons attityd är ett tydligt misstag. Var och en har sin individualitet. Ditt heliga och skamlösa ansikte kan generera mer konflikt och njutning. Det är upp till dig att hitta rätt punkt i den här historien. Vad jag kan göra är att stödja som din vän gjorde och bli en medhjälpare till denna berättelse analyserade bergets heliga ande.

"Jag tillåter det. Jag vill befinna mig i denna helgedom. (Amelinha).

"Jag accepterar din vänskap också. Vem visste att jag skulle vara med i en fantastisk såpopera? Myten om grottan och berget verkar så nu. Kan jag önska mig? (Belinha).

"Självklart, kära.

"Bergsdelarna kan höra de ödmjuka drömmarnas önskemål som det har hänt mig. Ha tro! (Guds son).

"Jag är så misstrodd. Men om du säger det ska jag försöka. Jag ber om ett framgångsrikt avslut för oss alla. Låt var och en av er gå i uppfyllelse inom livets huvudområden.

"Jag beviljar det! Dundrar en djup röst mitt i rummet.

Båda hororna har gjort ett hopp till marken. Under tiden skrattade de andra och grät åt reaktionen från båda. Detta faktum hade varit mer av en ödeshandling. Vilken överraskning. Det fanns ingen som kunde ha förutsett vad som hände på toppen av berget. Eftersom en berömd indian hade dött på platsen hade känslan av verkligheten lämnat utrymme för det övernaturliga, mysteriet och det ovanliga.

"Vad var det för äska? Jag skakar hittills, erkände Amelinha.

"Jag hörde vad rösten sa. Hon bekräftade min önskan. Drömmer jag? Frågade Belinha.

"Mirakler händer! Med tiden kommer du att veta exakt vad det innebär att säga detta, sa mästaren.

"Jag tror på berget, och du måste tro på det också. Genom

hennes mirakel förblir jag här övertygad och säker på mina beslut. Om vi misslyckas en gång kan vi börja om. Det finns alltid hopp för dem som lever - försäkrade shamanen av det psykiska som visar en signal på taket.

"Ett ljus. Vad betyder det? (Belinha).

"Det är så vackert och ljust. (Amelinha).

"Det är ljuset på vår eviga vänskap. Även om hon försvinner fysiskt, kommer hon att förbli intakt i våra hjärtan. (Förmyndare

"Vi är alla ljusa, men på framstående sätt. Vårt öde är lycka. (Det psykiska).

Det är där Renato kommer in och lägger fram ett förslag.

"Det är dags att vi går ut och hittar några vänner. Tiden för skoj har kommit.

– Jag ser fram emot det. (Belinha)

"Vad väntar vi på? Det är dags. (SKRIK)

Kvartetten ger sig ut i skogen. Stegtakten är snabb, vilket avslöjar en inre ångest hos karaktärerna. Mimoso lantliga miljö bidrog till ett skådespel av naturen. Vilka utmaningar skulle du möta? Skulle de hårda djuren vara farliga? Bergsmyterna kunde attackera när som helst vilket var ganska farligt. Men mod var en egenskap som alla där bar. Ingenting kommer att stoppa deras lycka.

Tiden har kommit. I tillgångsteamet fanns en svart man, Renato, och en blondhårig person. I det passiva laget var Divine, Belinha och Amelinha. Med laget bildat börjar det roliga bland det grågröna från landsbygdens skogar.

Den svarta killen dejtar Divine. Renato dejtar Amelinha och den blonde mannen dejtar Belinha. Gruppsex börjar vid utbytet av energi mellan de sex. De var alla för alla för en. Törsten efter sex och njutning var gemensam för alla. Ändra positioner, var och en upplever unika känslor. De försöker analsex, vaginalt sex, oralsex, gruppsex bland andra sexmodaliteter. Det bevisar att kärlek inte är en synd. Det är en handel med grundläggande energi för mänsklig utveckling. Utan skuld byter de snabb partner, vilket ger flera orgasmer. Det är en blandning av extas som involverar gruppen. De spenderar timmar med att ha sex tills de är trötta.

När allt är klart återgår de till sina ursprungliga positioner. Det fanns fortfarande mycket att upptäcka på berget.

Tour i staden Pesqueira

Måndag morgon vackrare än någonsin. Tidigt på morgonen får våra vänner nöjet att känna solens värme och brisen vandra i ansiktet. Dessa kontraster orsakade i den fysiska aspekten av densamma en god känsla av frihet, tillfredsställelse, tillfredsställelse och glädje. De var redo att möta en ny dag.

Vid närmare eftertanke koncentrerar de sina krafter och kulminerar på deras lyft. Nästa steg är att gå till sviterna och göra det med extremt lösdriveri som om de var från staten Bahia. Inte för att skada våra kära grannar, förstås. Alla helgons land ar en spektakulär plats full av kultur, historia och sekulära traditioner. Länge leve Bahia!

I badrummet tar de av sig kläderna av den konstiga känslan att de inte var ensamma. Vem har någonsin hört talas om legenden om det blonda badrummet? Efter ett skräckfilmsmaraton var det normalt att få problem med det. I efterhand, ögonblicket, nickar de huvudet försöker vara tystare. Plötsligt kommer var och en av dem att tänka på deras politiska bana, deras medborgarsida, deras professionella, religiösa sida och deras sexuella aspekt. De mår bra av att vara ofullkomliga enheter. De var säkra på att kvaliteter och defekter ökade deras personlighet.

De låser in sig i badrummet. Genom att öppna duschen låter de varmvattnet rinna genom de svettiga kropparna på grund av värmen kvällen innan. Vätska fungerar som en katalysator som absorberar alla sorgliga saker. Det var precis vad de behövde nu: glömma smärtan, traumat, besvikelserna, rastlösheten att försöka hitta nya förväntningar. Det innevarande året hade varit avgörande i det. En fantastisk vändning i alla aspekter av livet.

Rengöringsprocessen initieras med användning av kroppstorkare, tvål, schampo utöver vatten. För närvarande känner de ett av de bästa nöjen som tvingar dem att komma ihåg passet på revet och äventyren på stranden. Intuitivt ber deras vilda ande om fler äventyr i det de stannar för att analysera så snart de kan. Situationen gynnas av den ledighet som uppnåtts vid bådas arbete som ett pris för engagemang för offentlig service.

I cirka 20 minuter lägger de lite åt sidan sina mål för att leva ett reflekterande ögonblick i deras respektive intimitet. I slutet av denna aktivitet kommer de ut ur toaletten, torkar den våta kroppen med handduken, bär rena kläder och skor, bär schweizisk parfym, importerat smink från Tyskland med riktigt fina solglasögon och tiaror. Helt redo flyttar de till koppen med sina plånböcker på remsan och hälsar sig nöjda med återföreningen tack vare den gode Herren.

I samarbete förbereder de en frukost med avund, kycklingsås, grönsaker, frukt, kaffekräm och kex. I lika delar är maten uppdelad. De varvar stunder av tystnad med korta ordväxlingar eftersom de var artiga. Färdig frukost, det finns ingen flykt kvar än de tänkt.

"Vad föreslår du, Belinha? Jag är uttråkad!

"Jag har en smart idé. Kommer du ihåg den killen vi hittade i mängden?

"Jag minns. Han var författare, och hans namn var gudomligt.

"Jag har hans telefonnummer. Vad sägs om att vi hör av oss? Jag skulle vilja veta var han bor.

"Jag också. Bra idé. Gör det. Det skulle jag gärna göra.

"Okej!

Belinha öppnade sin handväska, tog sin telefon och började ringa. Om några ögonblick svarar någon på linjen och konversationen börjar.

"Hej.

"Hej, gudomlig, hur mår du?

"Okej, Belinha. Hur går det?

"Vi mår bra. Titta, är den inbjudan fortfarande på? Jag och min syster skulle vilja ha en speciell show ikväll.

"Självklart gör jag det. Du kommer inte ångra det. Här har vi sågar, riklig natur, frisk luft bortom stort sällskap. Jag är tillgänglig idag också.

"Så underbart! Vänta sedan på oss vid ingången till byn. Under de mest 30 minuterna är vi där.

"Okej! Så tills dess!

"Vi ses senare!

Samtalet avslutas. Med ett flin stämplat återvänder Belinha för att kommunicera med sin syster.

"Han sa ja. Ska vi gå?

"Kom igen! Vad väntar vi på?

Båda paraderar från koppen till utgången av huset och stänger dörren bakom dem med en nyckel. Gå sedan till garaget. Pivoterar den officiella familjebilen och lämnar sina problem bakom sig och väntar på nya överraskningar och känslor på världens viktigaste land. Genom staden, med ett högt ljud på, behöll deras lilla hopp för sig själva. Det var värt allt i det ögonblicket tills jag tänkte på chansen att vara lycklig för alltid.

Med kort tid tar de höger sida av motorväg BR 232. Så börja kursens gång till prestation och lycka. Med måttlig hastighet kan de njuta av bergslandskapet vid spårets stränder. Även om det var en känd miljö, var varje passage där mer än en nyhet. Det var en återupptäckt jag.

Passerar genom platser, gårdar, byar, blå moln, aska och rosor, torr luft och varm temperatur går. Under den programmerade tiden kommer de till den mest historisk av ingången till det inre av staten Pernambuco. Mimoso av överstarna, den psykiska, den obefläckade avlelsen och människor med hög intellektuell kapacitet.

När du stannade vid ingången till distriktet väntade du din kära vän med samma leende som alltid. Ett gott tecken för dem som letade efter äventyr. Gå ut ur bilen, gå för att träffa den ädla kollegan som tar emot dem med en kram som blir trippel. Detta ögonblick verkar inte ta slut. De upprepas redan, de börjar ändra första intryck.

"Hur mår du, gudomlig? (Belinha)

"Tja, hur är det med dig? (Det psykiska)

"Bra! (Belinha)

"Bättre än någonsin" (Amelinha)

"Jag har en bra idé, vad sägs om att vi går upp på Ororubá-berget? Det var där för exakt åtta år sedan som min bana i litteraturen började.

"Vilken skönhet! Det kommer att bli en ära! (Amelinha)

"För mig också! Jag älskar naturen! (Belinha)

"Så, låt oss gå nu! (Aldivan)

Den mystiska vännen till de två systrarna undertecknade för att följa honom och avancerade på gatorna i centrum. Ner till höger, in på en privat plats och gå cirka hundra meter sätter dem i botten av sågen. De gör ett snabbt stopp för att vila och hydrera. Hur var det att bestiga berget efter alla dessa äventyr? Känslan var frid, samlande, tvivel och tvekan. Det var som om det var första gången med alla utmaningar som beskattades av ödet. Plötsligt möter vänner den stora författaren med ett leende.

"Hur började allt? Vad betyder det för dig? (Belinha)

"2009 kretsade mitt liv i monotoni. Det som höll mig vid liv var viljan att utåt det jag kände i världen. Det var då jag hörde talas om detta berg och krafterna i hans underbara grotta. Ingen väg ut, jag bestämde mig för att ta en chans på uppdrag av min dröm. Jag packade min väska, klättrade upp på berget, utförde tre utmaningar som jag legitimerade gick in i förtvivlans grotta, den mest dödliga, farliga grottan i världen.

Inuti den har jag överträffat stora utmaningar genom att sluta komma till kammaren. Det var i det ögonblicket av extas som miraklet hände, jag blev den psykiska, en allvetande varelse genom hans visioner. Hittills har det blivit tjugo äventyr till och jag tänker inte sluta så snart. Med hjälp av läsarna får jag så småningom mitt mål att erövra världen. (Guds son)

"Spännande! Jag är ett av dig. (Amelinha)

" Jag vet hur du måste känna för att utföra denna uppgift igen. (Belinha)

"Mycket bra! Jag känner en blandning av bra saker, inklusive framgång, tro, klo och optimism. Det ger mig bra energi. (Det psykiska)

"Bra! Vilka råd ger du oss? (Belinha)

"Låt oss behålla vårt fokus. Är ni redo att ta reda på det bättre för er själva? (befälhavaren)

"Javisst! De gick med på båda.

"Följ mig då!

Trion har återupptagit företaget. Solen värmer, vinden blåser lite starkare, fåglarna flyger i väg och sjunger, stenarna och törnena verkar röra sig, marken skakar och bergsrösterna börjar agera. Detta är den miljö som presenteras på sågens klättring.

Med mycket erfarenhet hjälper mannen i grottan kvinnor hela tiden. Genom att agera så här lade han in praktiska dygder som är viktiga som solidaritet och samarbete. I gengäld lånade de honom en mänsklig värme och oöverträffad hängivenhet. Vi kan säga att det var den oöverstigliga, ostoppbara, kompetenta trion.

Lite i taget går de steg för steg upp stegen av lycka. Med

engagemang och uthållighet tar de över den högre träd, slutför en fjärdedel av vägen. Trots den stora prestationen förblir de outtröttliga i sin strävan. De var för att gratulationer.

I en uppföljare, sakta ner takten på promenaden lite, men håll den stadig. Som ordspråket säger, går långsamt långt borta. Denna säkerhet åtföljer dem hela tiden och skapar ett andligt spektrum av tålamod, försiktighet, tolerans och övervinna. Med dessa element hade de tro till att övervinna alla motgångar.

Nästa punkt avslutar den heliga stenen en tredjedel av kursen. Det finns en kort paus, och de tycker om det att be, tacka, reflektera och planera nästa steg. I rätt mått var de ute efter att tillfredsställa sina förhoppningar, sina rädslor, sin smärta, tortyr och sorger. För att ha tro fyller en outplånlig frid deras hjärtan.

Med omstarten av resan återvänder osäkerheten, tvivlen och styrkan i det oväntade att agera. Även om det kunde skrämma dem, bar de tryggheten att vara i närvaro av guda liten grodd i det inre. Ingenting eller någon kunde skada dem bara för att Gud inte tillät det. De insåg detta skydd vid varje svårt ögonblick i livet där andra helt enkelt övergav dem. Gud är faktiskt vår enda sanna och lojala vän.

Vidare är de halvvägs. Klättringen förblir genomförd med mer engagemang och melodi. I motsats till vad som vanligtvis händer med vanliga klättrare hjälper rytmen motivation, vilja och leverans. Även om de inte var idrottare var det anmärkningsvärt deras prestation för att vara frisk och engagerad ung.

Från tredje kvartalets kurs kommer förväntningarna till outhärdliga nivåer. Hur länge skulle de behöva vänta? I detta ögonblick av tryck var det bästa att försöka kontrollera ny-fikenhetens impuls. All försiktighet berodde nu på de mot-satta krafternas agerande.

Med lite mer tid avslutar de äntligen kursen. Solen skiner klarare, Guds ljus lyser upp dem och kommer ut ur ett spår, väktaren och hans son Renato. Allt var helt återfött i hjärtat av de underbara små. De har förtjänat denna nåd genom lagen om grödor och växter. Nästa steg i det psykiska är att stöta på en tät kram med sina välgörare. Hans kollegor följer honom och ger en femdubbel kram.

"Trevligt att se dig, Guds son! Lång tid ingen ser! Min modersinstinkt varnade mig för ditt närmande, förfädernas dam.

Jag är glad! Det är som att jag minns mitt första äventyr. Det var så många känslor. Berget, utmaningarna, grottan och tidsresan har präglat min historia. Att komma tillbaka hit ger mig bra minnen. Nu tar jag med mig två vänliga krigare. De behövde detta möte med den heliga.

"Vad heter ni, mina damer? (Innehavaren)

"Jag heter Belinha och är revisor.

"Jag heter Amelinha och är lärare. Vi bor i Arcoverde.

"Välkommen, damer. (Djurhållaren)

"Vi är tacksamma! sa de två besökarna samtidigt med tårar rinnande genom ögonen.

"Jag älskar nya vänskap också. Att vara bredvid min herre igen ger mig ett speciellt nöje från de outsägliga. Endast män-niskor som vet hur man förstår det är vi två. Är det inte rätt, partner? (Renato)

"Du förändras aldrig, Renato! Dina ord är ovärderliga.

Med all min galenskap var att hitta honom en av de goda sakerna i mitt öde. Min vän och min bror. (Det psykiska).

De kom ut naturligt för den sanna känslan som närde honom.

– Vi matchas i samma utsträckning. Det är därför vår historia är en framgång, säger den unge mannen.

"Det är bra att vara en del av den här historien. Jag visste inte ens hur speciellt berget var i sin bana, kära författare "sa Amelinha.

"Han är verkligen beundransvärd, syster. Dessutom är dina vänner mycket vänliga. Vi lever verklig fiktion och det är det mest underbara som finns. (Belinha)

"Vi tackar för komplimangen. Ändå måste de vara trötta på den ansträngning som används för att klättra. Vad sägs om att vi åker hem? Vi har alltid något att erbjuda. (Madame)

– Vi passade på att hänga med i samtalen. Jag saknar dig väldigt mycket "erkände Renato.

"Det är bra med mig. Det är bra som för damerna, vad säger de till mig?

"Jag kommer att älska det! " Belinha hävdade.

"Ja, låt oss gå", instämde Amelinha.

"Så, låt oss gå! " Befälhavaren avslutade.

Kvintetten börjar gå i den ordning som ges av den fantastiska figuren. Just nu blåser ett kallt slag genom klassens trötta skelett. Vem var den kvinnan, vem var hon, som hade krafter? Trots så många stunder tillsammans förblev mysteriet låst som en dörr till sju nycklar. De skulle aldrig få veta eftersom det var en del av bergshemligheten. Samtidigt förblev deras hjärtan i dimman. De var utmattade av att donera kärlek och inte ta emot, förlåta och göra dem besvikna igen. Hur som helst, antingen blev de vana vid livets verklighet eller så skulle de lida mycket. De behövde därför lite råd.

Steg för steg kommer du att komma över hindren. I ett ögonblick hör de ett störande skrik. Med en blick lugnar chefen dem. Det var känslan av hierarkin, medan de starkaste och mer erfarna skyddade, tjänarna återvände med hängivenhet, tillbedjan och vänskap. Det var en dubbelriktad gata.

Tyvärr kommer de att hantera vandringen med stor och mildhet. Vad var tanken som hade gått igenom Belinha huvud? De var mitt i busken, krossade av otäcka djur som kunde skada dem. Förutom det fanns det taggar och spetsiga stenar på fötterna. Eftersom varje situation har sin synvinkel var det den enda chansen att du kunde förstå dig själv och dina önskningar, något underskott i besökarnas liv. Snart var det värt äventyret.

Nästa halvvägs dit kommer de att stanna. Alldeles i närheten fanns en fruktträdgård. De är på väg mot himlen. Med hänvisning till Bibelns berättelse kände de sig komplementärt fria och integrerade med naturen. Som barn leker de klättrande träd, de tar frukterna, de kommer ner och äter dem. Sedan mediterar de. De lärde sig så snart livet görs av stunder. Oavsett om de är ledsna eller glada, är det bra att njuta av dem medan vi lever.

I efterhand tar de ett uppfriskande bad i sjön bifogad. Detta faktum framkallar goda minnen av en gång, av de mest anmärkningsvärda upplevelserna i deras liv. Vad skönt det var att vara barn! Hur svårt det var att växa upp och möta vuxenlivet. Lev med människors falska, lögn och falska moral.

När de går vidare närmar de sig ödet. Nere till höger på leden kan du redan se den enkla tempel. Det var helgedomen för de mest underbara, mystiska människorna på berget. De var fantastiska vad som bevisar att en persons värde inte ligger i vad den äger. Själens adel är i karaktär, i attityder av välgörenhet och rådgivning. Det är därför de säger följande ordstäv, bättre en vän på torget är värd än pengar som deponeras i en bank.

Några steg framåt stannar de framför ingången till stugan. Fick de svar på sina inre frågor? Endast tiden kunde svara på denna och andra frågor. Det viktiga med detta var att de var där för vad som än kommer och går.

Med värdinnans roll öppnar vårdnadshavaren dörren och ger alla andra tillgång till insidan av huset. De går in i det unika fåfänga båset genom att titta på allt i den stora enheten. De är imponerade av delikatessen på platsen som representeras av ornamentiken, föremålen, möblerna och mysterieklimatet. Motsägelsefullt nog fanns det på den platsen mer rikedom och kulturell mångfald än i många palats. Så vi kan känna oss lyckliga och kompletta även i ödmjuka miljöer.

En efter en kommer du att bosätta dig på de tillgängliga platserna, förutom Renatos kök, förbereda lunch. Det ursprungliga blyghetsklimatet är brutet.

"Jag skulle vilja lära känna er battre, tjejer. (Väktaren)

"Vi är två tjejer från Arcoverde City. Båda bosatte sig i yrket, men förlorare i kärlek. Ända sedan jag blev förrådd av min gamla partner har jag varit frustrerad, erkände Belinha.

"Det var då vi bestämde oss för att komma tillbaka till män.

Vi gjorde en pakt för att locka dem och använda dem som ett objekt. Vi kommer aldrig att lida igen. (Amelinha)

"Jag kommer att stödja dem alla. Jag mötte dem i folkmassan och nu kom de för att besöka oss här, och det tvingade spiran i inredningen.

"Intressant. Detta är en naturlig reaktion på de lidande besvikelserna. Det är dock inte det bästa sättet att följas. Att döma en hel art av en persons attityd är ett tydligt misstag. Var och en har sin egen individualitet. Ditt heliga och skamlösa ansikte kan generera mer konflikt och njutning. Det är upp till dig att hitta rätt punkt i den här historien. Vad jag kan göra är att stödja som din vän gjorde och bli en medhjälpare till denna berättelse analyserade bergets heliga ande.

"Jag tillåter det. Jag vill befinna mig i denna helgedom. (Amelinha)

"Jag accepterar din vänskap också. Vem visste att jag skulle vara med i en fantastisk såpopera? Myten om grottan och berget verkar så nu. Kan jag önska mig? (Belinha)

"Självklart, kära.

"Bergsdelarna kan höra de ödmjuka drömmarnas önskemål som det har hänt mig. Ha tro! har motiverat Guds son.

"Jag är så misstrodd. Men om du säger det ska jag försöka. Jag ber om ett framgångsrikt avslut för oss alla. Låt var och en av er gå i uppfyllelse inom livets huvudområden. (Belinha)

"Jag beviljar det! " Dundra en djup röst mitt i rummet".

Båda hororna har gjort ett hopp till marken. Under tiden skrattade de andra och grät åt reaktionen från båda. Detta faktum hade varit mer av en ödeshandling. Vilken överraskning! Det fanns ingen som kunde ha förutsett vad som hände på toppen av berget. Eftersom en berömd indian hade dött på platsen hade känslan av verkligheten lämnat utrymme för det övernaturliga, mysteriet och det ovanliga.

"Vad var det för åska? Jag skakar hittills. (Amelinha)

"Jag hörde vad rösten sa. Hon bekräftade min önskan. Drömmer jag? (Belinha)

"Mirakler händer! Med tiden kommer du att veta exakt vad det innebär att säga detta. "Frossade mästaren".

"Jag tror på berget, och du måste tro också. Genom hennes mirakel förblir jag här övertygad och säker på mina beslut. Om vi misslyckas en gång kan vi börja om. Det finns alltid hopp för dem som lever. "Försäkrade shamanen om att det psykiska visar en signal på taket".

"Ett ljus. Vad betyder det? i tårar, Belinha.

"Hon är så vacker, ljus och talad. (Amelinha)

"Det är ljuset på vår eviga vänskap. Även om hon försvinner fysiskt, kommer hon att förbli intakt i våra hjärtan. (Väktare)

"Vi är alla lätta men på framstående sätt. Vårt öde är lycka-bekräftar det psykiska.

Det är där Renato kommer in och lägger fram ett förslag.

"Det är dags att vi går ut och hittar några vänner. Tiden för skoj har kommit.

– Jag ser fram emot det. (Belinha)

"Vad väntar vi på? Det är dags. (Amelinha)

Kvartetten ger sig ut i skogen. Stegtakten är snabb, vilket avslöjar en inre ångest hos karaktärerna. Mimoso lantliga miljö bidrog till ett skådespel av naturen. Vilka utmaningar skulle du möta? Skulle de hårda djuren vara farliga? Bergsmyterna kunde attackera när som helst vilket var ganska farligt. Men mod var en egenskap som alla där bar. Ingenting skulle stoppa deras lycka.

Tiden har kommit. I tillgångsteamet fanns en svart man, Renato, och en blondhårig person. I det passiva laget var Divine, Belinha och Amelia. Laget bildades; Det roliga börjar bland det grågröna från skogen.

Svart kille dejtar Divine. Renato Dadlar Amelia och de blonda dejterna Belinha. Gruppsex börjar vid utbytet av energi mellan de sex. De var alla för alla för en. Törsten efter sex och njutning var gemensam för alla. Varierande positioner, var och en upplever unika känslor. De försöker analsex, vaginalt sex, oralsex, gruppsex bland andra sexmodaliteter. Det bevisar att kärlek inte är en synd. Det är en handel med grundläggande energi för mänsklig utveckling. Utan skuldkänslor byter de snabb partner, vilket ger multipla orgasmer. Det är en blandning av extas som involverar gruppen. De spenderar timmar med att ha sex tills de är trötta.

När allt är klart återgår de till sina ursprungliga positioner. Det fanns fortfarande mycket att upptäcka på berget.

Slutet

www.ingramcontent.com/pod-product-compliance
Lightning Source LLC
Chambersburg PA
CBHW050610160726
48003CB00003B/1122